A. Trabe

Vaterlos

A. Trabe

Vaterlos

ISBN/EAN: 9783743482012

Hergestellt in Europa, USA, Kanada, Australien, Japan

Cover: Foto ©Andreas Hilbeck / pixelio.de

Manufactured and distributed by brebook publishing software (www.brebook.com)

A. Trabe

Vaterlos

Vaterlos.

Erzählung in Versen

von

A. Trabert.

Mannheim.
Druck und Verlag von J. Schneider.
1867.

Anstatt eines Vorworts.

Wie lieblich taucht im Frühlingskranz
Mir dort das Land aus Nebelglanz!
Ist's meiner Jugend grünes Thal,
Das aus der Ferne tausendmal
Ich hab' gegrüßt mit aller Lust,
Die wonnig durch die junge Brust
Der Schwalbe zittert, wann sie müd
Von deinen Meeren kommt, o Süd,
Und nun die Heimat wieder schaut,
Indeß die Amsel hell und laut
Den Frühlingsruf: „Willkommen hier!"
Läßt schallen aus dem Waldrevier?
O süßer Trug! Mein Gruß verhallt
In fremder Berge dunklem Wald.
Fern, wo die Sterne niedergehn,
Dort liegt die Heimat ungesehn;
Ihr Bild nur ist's, das mir so hold
Entgegenlacht im Morgengold.

Und doch, o sei mir tausendmal
Auch du gesegnet, holdes Thal!
Wie liegst du schön zu Füßen mir
In deines Frühlings duft'ger Zier,
Vom Hochgebirge treu umspannt,
Das, wie von Liebesglut entbrannt,
Dich lustberauscht als Bräutigam
In seine Felsenarme nahm.
Und dort zum dunklen Waldesdom
Zieht euer Sohn dahin, der Strom.
Wie eilt er trotzig wild daher,
Ein schmucker Reiterjüngling, der,
Vertrauend seinem Schwerte,
Erobern will die Erde.
Doch was, ihr Wogen, hält den Lauf
Dort unter Büschen traulich auf?
Wohl habt ihr da zu lauschen
Der Blätter leisem Rauschen;
Mit vielgeschwätzigem Munde
Erzählt das Laub die Kunde
Von alter Zeiten Herrlichkeit,
Da ringsumher noch weit und breit
Der Urwald bis zum Wolkensaum
Geragt als Odins Tempelraum

Und Windesflüstern wie Gebet
Durchs grüne Gotteshaus geweht.
Noch schloß die Halle nicht von Stein
In jener Zeit die Götter ein;
Noch zeigtest du allein, Natur,
Des Ew'gen hehre, heil'ge Spur:
Der Frühling, der, verweht, verglüht,
Doch immer neu und schön geblüht;
Sein hohes Lied, das zaubervoll
Aus tausend frohen Kehlen quoll
Und mit der Liebe süßem Drang
In alles Leben mächtig klang;
Der Sturm, der laut im Donnerhall
Erzittern ließ das Weltenall
Und wild des Waldes dunkle Nacht
In ungeheuren Brand gefacht;
Die Sterne, die zu Wald und Au'n
Mit hellen Augen niederschau'n,
Daß, wie der Thau die Gräser tränkt,
Die schon die Sonne rot gesengt,
So jedes Menschenherz ihr Blick
Mit Hoffnung füllt und Friedensglück —
Das alles war das heil'ge Buch,
Drin ohne Falsch und ohne Trug

Das hehre Wort von Gotteshand,
„Es ist ein Gott!" geschrieben stand.
Doch nicht der Stern, der milde
Gelächelt ins Gefilde,
Nicht, was der Lenz so lieblich sprach,
Auch nicht das Wort des Donners brach
Barbarenthum und Sclaverei,
Der Menschheit Fesseln, kühn entzwei;
Und eine neue Lehre scholl
Gewalt'ger als des Sturms Geroll
Zum Gotte ward der Jungfrau Sohn,
Vor dem die andern Götter flohn.
Und auch zu Deutschlands Gauen,
Auch in des Urwalds Grauen,
In das nur scheu der Seher drang,
That kühn das Kreuz den Siegesgang.
Sich spiegelnd in der Welle,
Erhob sich die Kapelle,
Vom Brittenmönche rasch gebaut,
Der mit des Wortes Donnerlaut
Die trotzig starren Nacken all
Zur Taufe zwang im Wogenschwall.
O Winfried! sah's dein Staub mit an,
Wie um dein Grab auf lichtem Plan

Sich Hütte bald an Hütte schloß
Und Haus an Haus dem Grund entsproß
Bis gleich der Lilie, die sich ganz
Entfaltet hat im Sonnenglanz,
Die Stadt, die deiner Gruft entstand,
Vollendet krönt das Buchenland?
Wen jetzt begrüßt der Thürme Schaar,
Ihm ist, als wandle wunderbar
An seinem Auge hin die Zeit,
Da noch in Siegesherrlichkeit
Der Mönch im Kampfe zog voran,
Den mit der Rohheit, mit dem Wahn
Die Wahrheit und die Milde führt
Und heil'ger Eifer ewig schürt;
Die Zeit, da noch auch dir fürwahr,
O Kunst, der Mönch ein Priester war,
Der aus der stillen Zelle
Mit Meißel zog und Kelle,
Geschäftig in den fernsten Gau'n
Die hohen Münster aufzubau'n,
Indessen, wie der Gnom im Schacht
Des Berges goldnen Schatz bewacht,
Ein andrer hielt in treuer Hut
Der Menschenweisheit heil'ges Gut,

Wenn draußen Raub und Städtebrand
Mit Schutt und Blut bedeckt das Land.
Doch vorwärts, vorwärts rollt die Zeit.
Ihr Trümmer der Vergangenheit,
Von jetzt ihr Mönche, sagt mir an:
Brecht ihr noch heute kühn die Bahn
Im Kampf des Lichtes mit der Nacht,
Die nur den Feigen zittern macht?
Doch still, mein Lieb! Nicht töne bang
Vom Weltgeschick ein dumpfer Klang
Durch deiner Träume bunt Revier.
Den Kampf der Herzen wähle dir,
Der Liebe wechselvollen Streit,
Die bald in Lust und Seligkeit
Zum Himmel steigt, der Lerche gleich,
Bald düstren Blicks und sorgenbleich
Entschwundnem Glück verzweiflungsvoll
Nachschleudert ihren schwersten Groll,
Doch leise, ob auch sterbend schon,
Noch flüstert: „Menschen-Loos und Lohn
Ist doch trotz aller Not und Pein
Die Lieb' allein!"

I.

Wo dort im hellen Aetherglanz
Die Schwalben ihren Reigentanz
Hoch über schlanken Thürmen zieh'n,
Die noch im Sonnengolde glühn,
Indessen rotes Abendlicht
Sich in des Domes Fenstern bricht;
Dort, wo den engen Straßen schon
Des Tages heller Glanz entfloh'n,
Steht zwischen Klöstern, dem Gebraus
Des Lebens fern, ein stilles Haus.
Nicht führen schlanke Säulenreih'n
Zu weiten Hallen prunkend ein
Und schmucklos über grauer Wand
Hat sich das niedre Dach gespannt;
Doch nirgends blüht so schön wie hier
Der Rosen und Camelien Zier,
Die mit des Morgenlandes Pracht
Aus allen Fenstern lieblich lacht,

Und Keiner ahnt den Segen,
Der drin ihm stralt entgegen.
Sein Füllhorn hat an diesem Herd
Der Reichthum freundlich ausgeleert;
Das tritt in goldenem Glanz zu Tag,
Wo nur das Auge weilen mag;
Und wie die Sage geht, so ruht
In fester Truhen sich'rer Hut
Zu stiller Augenweide
Manch köstliches Geschmeide.
O Hütte, bist du nur ein Bild,
Gezaubert in des Traums Gefild,
Und wirst den wachen Sinnen
Nun wieder rasch zerrinnen?
Doch deine Perlen sind es nicht,
Die stralen sollen im Gedicht,
Denn durch die Seele schauert mir,
Wie jetzt mein Auge ruht auf dir,
Der Schmerz, darin die lange Nacht
Des Hauses Herrin bang durchwacht,
Der Liebe Glut, die unbelohnt
In dir gewohnt.

Verschlossen scheint die Pforte fast,
So selten dreht sich ihre Last

In festen Angeln dröhnend um.
Doch wer nicht länger still und stumm
Zu tragen weiß sein Herzeleid,
Wer Hülfe sucht in schwerer Zeit,
Klopft hier wohl gern um Einlaß an
Und gern wird Jedem aufgethan.
Die so sich nahen hoffnungsleer,
Das Herz von düstren Sorgen schwer,
Sie gehn getröstet wieder fort,
Noch mehr beglückt durch Blick und Wort
Womit die Bitte ward gewährt,
Als durch der Gabe höchsten Werth.
Und die im Haus des Mitleids Zoll
Darreicht so mild und anmuthvoll,
Den Engeln Gottes gleich, das ist
Frau Martha, die seit langer Frist
Hier wohnet still bescheiden
Mit ihren Töchtern beiden.
Wie ihren Händen früh und spät
Des Tages Arbeit wohl geräth,
Die, eh' sie noch Vollendung ziert,
Sich stets die neue schon gebiert,
Den engen Raum der Häuslichkeit
Sich umgestaltend schön und weit!

O du der Frauen stilles Loos,
Wie bist du hehr, wie bist du groß
Und doch gesehn zu jeder Zeit
In anspruchsloser Niedrigkeit!
Nicht hast du Thaten, wie der Mann
In Kampf und Streit sie schaffen kann,
Die, mag der Zeiten Staub verwehn,
Noch leuchtend ein Jahrtausend stehn;
Der Augenblick, der Tag allein,
Die sind zu stillem Schaffen dein.
Und doch, wie öde läg' die Welt,
Wär' nicht die Heimat schön bestellt,
Die unter Frauenhänden nur
Dem Mann erblüht als Rosenflur.
Drum nenn' ich euch, ihr edlen Frau'n,
Die lieblich uns das Glück erbau'n,
Dem Frühling gleich, der still entzückt
Und ungesehn die Erde schmückt.

Wie klar nun auch in Martha's Haus
Die Tage wandeln ein und aus,
Wie hell der Töchter Wangen
Im Rosenschimmer prangen;
Es ahnt der Kinder Herz noch nicht,
Was leise jeder Schlag verspricht;

Noch hat es nicht in Glut und Kraft
Dem Jugendtraume sich entrafft,
Zur Lieb' entfacht, in deren Bann
Gemeinsam schweben Weib und Mann,
Gleich Doppelsternen, prachterhellt,
Als eine Welt im All der Welt.
Und ach, was kann das Leben
Dem Frauenherzen geben,
Wenn ihr die goldne Liebe nicht
Für Lust und Weh die Krone flicht?
Die Liebe nur, die Lieb' allein
Ist all ihr Denken, all ihr Sein
Und wenn ihr einzig die gebricht,
Da fehlt dem Leben Glanz und Licht,
Da irrt sie einsam, irrt sie bang
Die Nacht entlang.

Wohl hat vor langen Jahren,
Da noch in goldnen Haaren
Frau Martha trug den Rosenkranz,
Auch ihr der Liebe Glück und Glanz
Auf kurze Zeit des Lebens Nacht
Zu sonnenhellem Tag entfacht.
Da hat auch sie voll heißer Glut
An eines Jünglings Brust geruht

Und, ach, in schwerer Abschiedsstund
Gehangen an des Liebsten Mund,
Dem bald des Vaterlandes Noth
Zu ziehn in Kampf und Streit gebot.
Wie klang im Schmerz so himmlisch hehr
Sein Schwur: „Ich laß dich nimmermehr!"
Wie drang in Martha's Herz so tief
Das „Dein!", das er bezaubernd rief;
Da schien ihr Blut, das schäumend floß,
Ein Strom, der übers Ufer schoß.
Nicht länger halten Damm und Wehr,
Die Wogen stürzen drüber her
So stürmisch-wild und doch zugleich
An tiefgeheimer Lust so reich,
Daß Seel' in Seele zittert,
Von Schauern süß durchschüttert,
Indeß wie junge Ranken
Die Arme schon, die schlanken,
Zu immer engern Ringen
Die Leiber fest umschlingen
Und jedes Herz mit jedem Schlag
Dem andern laut verkünden mag,
Es solle nun aus ihnen zwei'n,
Nur Eins, wie aus den Seelen, sein.

O süßes Dunkel! Nur die Nacht
Hielt ob dem Glück der Liebe Wacht.
Sie ließ den stillen Mond allein
Mit leisem Tritt ins Kämmerlein,
Der jetzt zu Braut und Bräutigam,
Ein Priester, zur Vermälung kam
Und, schön umwallt vom Lichtgewand,
Zum Segen hob die Silberhand.
Wie drängte sanft sein milder Blick
Das Blut zu stillem Gang zurück!
Wie stralte hell in seinem Glanz
Um Marthas Haar der duft'ge Kranz!
Doch ach, schon fiel, zu früh gepflückt,
Die Rose die das Haupt ihr schmückt;
Und wie sich sonst des Todes Bild
In Blumen gern dem Blick verhüllt,
So sank sie Blatt um Blatt hinab
In eines Menschenglückes Grab,
Das, ob auch Thrän' auf Thräne fließt,
Sich nimmer, nimmer doch erschließt.
Da fällt der Reue scharfer Zahn
Das Herz mit wildem Eifer an
Und Martha sprengt der Arme Band,
Das ihren Leib so kühn umwand;

Sie stößt von ihrer Brust den Mann,
Den doch sie nimmer hassen kann
Und stürzt, dem Arme kaum entrafft,
Zurück doch in dieselbe Haft,
Zu weinen jetzt in Angst und Leid,
Wo sie geruht in Seligkeit.

Noch immer sah zum Kämmerlein
Der blasse stille Mond herein,
Doch ach, die Friedensspende
Der frommen Silberhände,
Die sonst so süßen Trost verleiht,
War nicht für Marthas Herz geweiht.
Denn andre Priester hat die Welt
Im Liebeseden aufgestellt,
Daß allzeit vor dem Rosenbeet
Des Heiligthums ein Hüter steht,
Und Wehe, wer die Rose brach,
Bevor sein „Nimm!" der Priester sprach.

So schütte denn, du banges Herz,
In deines Liebsten Brust den Schmerz,
Der allzu reich und allzu wild
Aus deiner tiefen Wunde quillt.

Doch horch! Hast schon mit Klagen du
Die Nacht geschreckt aus ihrer Ruh,
Daß heulend durch die Straßen
Gewitterstürme rasen?
Das sind des Wetters Stürme nicht,
Was lärmend durch die Stille bricht;
Die Kriegstrompeten schmettern,
Die Trommelwirbel wettern
Und reißen jach von deiner Brust,
O Martha, deines Lebens Lust.
Nun seßle bang mit Kuß und Wort,
Den kaum du stießest von dir fort;
Versuch' des Arms Gewalten,
Den liebsten Mann zu halten;
Umsonst! umsonst! Und ob das Herz
Euch brechen will im Trennungsschmerz:
„Leb wohl, leb wohl, und Gott zum Gruß!"
Die Stunde schlug; er muß, er muß
Hinaus zum Streit, der heiß entbrannt,
Hinaus zum Kampf fürs Vaterland.

So zog er hin. Dem Streiter nach
Gehn heiße Thränen Nacht und Tag.

2

Die Schwalben bringen junges Grün
Und Martha seufzt: „O bringt mir ihn!"
Der Sommer geht, die Schwalben ziehn
Und Martha fleht: „O ruft mir ihn!"
Doch über Berg und Thale drang
Nur her der Schlachten Donnerklang,
Bis endlich sie beklommen
Die Stunde sah gekommen,
Darin ein lieblich Töchterpaar
Dem fernen Liebsten sie gebar,
Indessen ihm zur selben Zeit
Schon riß im letzten schweren Streit,
Dem Sieger, ach! ein feindlich Blei
Das Herz entzwei.

II.

O Frauenherz, du bist ein See,
Der überfließt von Lust und Weh;
Bist ergründbar noch zur Stund
Als wie der Meere tiefster Grund,
Der seine Wunder ohne Zahl
Noch nie gezeigt dem Sonnenstral;
Drum fühlt ein heimlich Grauen,
Wer je sie konnte schauen.
Sie nah'n gestaltlos, berggroß,
Ein Dämon, der im schwangren Schoß
Des Sturmes wilde Meute bringt
Und Schiff und Schiffer jach verschlingt;
Bald wieder hold im Mondenglanz
Auf stiller Flut im Reigentanz;
Die weißen Leiber blinken,
Die Lilienarme winken —
Das ist der Nixen leichte Schaar,
O, nun entrinne der Gefahr!

Schon nahn sie dir auf Wogenschaum,
Ihr süßes Lied, du hörst es kaum,
Das doch, noch eh' es halb verklingt,
So Schiff wie Schiffer niederzwingt.

O Frauenherz, du bist ein See,
Der überfließt von Lust und Weh!
Wo lag in Martha's Brust so tief
Der Schmerz, der keine Stunde schlief
Und ihr die Augen, nimmer müd,
In heißen Thränen rot geglüht?
Bald hört sie leis ihn klagen
Von goldnen Maientagen,
Da noch die Liebe scheu und zag
Im zarten Keim vergraben lag;
Bald schürt es tief und treibt und drängt,
Als wie's im Lenz die Knospe sprengt,
Bis lustberauscht im Blumenbeet
Mit offnem Kelch die Rose steht,
Doch wie den Sonnenstral sie trinkt,
Auch schon versengt zu Boden sinkt.
O Weh der heißen Stunde,
Drin alles ging zu Grunde!

O Weh dem Herzen, das bethört
Sein unbewachtes Glück zerstört!
Frau Martha's Freund, an dessen Brust
Auch sie gebüßt die heiße Lust,
Er liegt im kühlen Sande
Und ließ nur ihr die Schande.
Verzweifelnd blickt sie ringsumher,
Es starrt ihr Auge hoffnungsleer
Ins Dunkel, das des Trostes bar.
Wohl liegt das Zwillingschwesternpaar
Gar schön und hold in Martha's Schoß,
An Leib und Seele makellos,
An Leib und Seele lilienrein —
Kann das die Frucht der Sünde sein?
Es reichen nach der Mutter Brust
Die Händchen all in stiller Lust
Und jedes kleine Angesicht
Stralt in der Freude Sonnenlicht;
Doch ob dies Lächeln noch so mild,
Frau Martha's Schmerz wird nicht gestillt;
Gemahnt sie's doch in ihrem Leid
Beständig nur der fernen Zeit,
In der auch sie so makellos
Geruht in ihrer Mutter Schoß;

Gemahnt's schon jetzt der Stunde,
Darinnen einst die Kunde
Den Kindern wird zur Schmach erzählt,
Wie schwer die Jungfrau einst gefehlt;
Gemahnt's sogar der Liebesnoth,
Die einst vielleicht auch ihnen droht,
Und ach, da sieht Frau Martha schon
Der Kinder zartes Glück entflohn;
Da wird ihr thränend Angesicht
Vor Schrecken bleich und heißer bricht
Hervor der Zähren rascher Lauf.
Sie rafft die Kleinen bebend auf,
„Drei Herzen," laut zu Gott sie spricht,
„Du Herr der Welt, verschmäh sie nicht!
„Zwei Kinderherzen, engelrein,
„Ein Mutterherz voll Schuld und Pein,
„Der Himmel höre meinen Eid,
„Sie seien einzig ihm geweiht!"

Und sorgsam hielt sie, was sie schwur;
Sie theilt Gebet und Arbeit nur
Und zwischen Arbeit und Gebet,
Wie Tag und Nacht im Wechsel steht,

Sah auch ihr holdes Töchterpaar,
Marie und Anna, Jahr für Jahr
Des Lebens stillen Strom dahin
Durchs Wunderland der Jugend ziehn.
Und nimmer hat der trübe Gischt
Der Welt sich dieser Flut vermischt
Und nur aus weiter Ferne drang
Des fremden Treibens Wogenklang.
Die Hallen dort des Doms allein
Und dort der Berg im Dämmerschein,
Der, mit dem Kreuze fromm gekrönt,
Das kranke Herz mit Gott versöhnt,
Das ist das Reich, das ist das Land,
Das mit der Mutter Hand in Hand,
Wie's jedem wechselnd wird zu Theil,
Der Kinder Eins betritt', derweil
Die Schwester treu geborgen
Sich weiht des Hauses Sorgen.
Und wenn am Fuß des Kreuzes dann
Der Mutter Thräne still zerrann,
Wie tönte da so glockenrein
Des Kinds Gebet in ihre Pein;
Und wenn's im Herzen arg getos't,
Wie dämmte da des Glaubens Trost

So sanft des Sturmes Wogen,
Die ihr die Brust durchzogen!
Ihr war als spräch' zu jedem Klang,
Der von des Kindes Lippen drang,
Der Gottessohn vom Kreuze drein:
„Du wirst im Paradiese sein!"
So ward der Seele Frieden
Ihr doch zurückbeschieden;
Verschwunden ist der Trauer Spur
Und gleich der lenzgeküßten Flur
Erstralet Martha's Angesicht
In neuem Frühlingsrosenlicht.
Und doch — o Mutter, hüte dich,
Eh' wieder schnell dein Lenz erblich;
Die Herzen lehrst du, sich allein
Dem überird'schen Herrn zu weihn,
Und die du nur zum Himmel lenkst,
Sie fordern schrecklich, eh' du's denkst,
Des Lebens ungenoss'nes Glück,
Der Erde Lieb' und Leid zurück.

Wie sah die Sorgenlose
Der Schönheit lichte Rose

Auf ihrer Töchter Wangen
So prächtig aufgegangen!
Und wie sich Duftes Fülle
Aus zarter Blüthenhülle,
Daß Herz und Auge sich erfreut,
Weit über Wald und Auen streut;
So fühlte mächtig Jung und Alt
Der Huld und Anmut Allgewalt,
Die von den Rosenwangen
Der Kinder ausgegangen.
Es fanden ihres Gleichen kaum
Die Beiden in dem Erdenraum
Und nur die Schwester schien allein
Der Schwester schönes Bild zu sein.
Sie waren beide Zug für Zug
An Wuchs und Antlitz gleich; drum frug
Auch oft im Scherz die Mutter sie,
Wer Anna sei und wer Marie.
Dann flogen um die Wette schier
Die Kinder an den Busen ihr
Und wenn in Martha's Armen dann
Der Küsse heißer Streit begann,
Da sah sie wohl zu Gott empor
Und sprach: „Was ich so schwer verlor,

Du gabst es tausendmal zurück
Im Mutterglück."

Das war Frau Martha's goldne Zeit
Voll sonnenheller Freudigkeit.
O möge nimmer trüb und schwer
Ein Wetter brausen drüber her,
Daß mild und klar und sorgenfrei
Als wie der Tag ihr Abend sei.

III.

O Sonne, deren Mutterbrust
Den Frühling tränkt mit Lieb' und Lust,
Laß niederströmen all dein Gold,
Daß jedem Auge schön und hold
In Farbenglanz und Blüthenpracht
Der junge Tag entgegenlacht!
In stiller Andacht ruht die Flur,
Als feiertest auch du, Natur,
Den Sonntag, den mit ehrnem Mund
Die Glocke gibt den Menschen kund.
Schon sind zur Kirche Jung und Alt
Den Klosterberg hinangewallt;
Am kerzenhellen Altar singt
Der Priester, der das Opfer bringt,
Ein Jüngling noch, den Kranz im Haar,
Als brächt' er sich als Opfer dar.

Wie trifft so seltsam rings im Chor
Sein „Sursum corda!" jedes Ohr,
Und ach, ein heimlich Bangen
Will jedes Herz umfangen,
Da seinem Mund, der leise bebt,
Das Wort des Sakraments entschwebt,
Das in Vollendung seiner Pflicht
Der Priesterjüngling segnend spricht.
Es ist vollbracht! Erfüllt der Eid,
Der ewig ihn der Kirche weiht,
Der einen ganz und ungetrennt,
Die nie ein irdisch Lieben kennt;
Die, was das Menschenherz erfüllt,
Mit dunklem Schleier ernst verhüllt
Und alles Wollen und Gefühl,
Der Leidenschaften bunt Gewühl,
Ja selbst der Hoffnung süßen Duft
Versenkt in des Entsagens Gruft;
Die des Gedankens kühne Kraft,
Des Helden, der titanenhaft
Umfassen will das All der Welt,
Im Glauben eng gefangen hält
Und als des Lebens Morgenrot
Mit starrem Finger zeigt — den Tod.

Still war's im Chor. Nur leise klingt
Das Glöcklein, das der Meßner schwingt,
Der betend noch am Altar kniet,
Indeß er schon den Priester sieht
Sich zur Gemeinde wenden,
Auch ihr das Brod zu spenden.
Da tritt mit zagen Schritten,
In ihrer Kinder Mitten,
Das Haupt geneigt in Demuthsinn,
Zum Tisch des Herrn Frau Martha hin.
O Andacht, die so hold verschönt
Ein Antlitz, das die Schönheit krönt,
Hast Du verschwendet all' dein Gut
An dieser Wangen zarter Glut?
An dieser Locken gold'nem Kranz,
Der lieblich wie des Himmels Licht
Umfließt der Kinder Angesicht?
Liegt deines Zaubers Allgewalt
In dieser Mutter Huldgestalt?
So wiegt die Rose sich am Zweig,
Umrankt von Knospen hoffnungsreich,
Ein Zeichen, daß der Schönheit Mai
Trotz allem Wechsel ewig sei. —

O wärt ihr fern! Viel besser wär'
Des Priesters Grab das tiefe Meer,
Als daß ihm jetzt ein lieblich Bild
Des Lebens süße Lust enthüllt.
Viel besser wärs für euch und ihn,
Als daß er sieht so hold erblüh'n
Die Weiblichkeit in voller Pracht
All ihrer Herrlichkeit und Macht;
Denn Schönheit wirkt mit Blitzes Hast
Und Keiner, den ihr Stral erfaßt,
Weiß, ob sie lächelt, ob sie droht,
Ob sie das Leben gibt, ob Tod.

Das Glöcklein schwieg. Der Priester sieht
Das Weib, das ihm zu Füßen kniet,
Er sieht die Kinder beide
Holdselig ihr zur Seite
Und eh' er noch Gefahr gedacht,
Durchzuckt ein Blitz ihm schon die Nacht
Des Herzens, das noch nie gefühlt
Die Sehnsucht, die so tief sich wühlt,
Das Hoffen, Harren, Bangen,
Entsagen und Verlangen,

Den wilden Schmerz, das tiefe Leid,
Die hohe Lust und Seligkeit,
Die bis zum Himmel hebt den Geist
Und Liebe, Liebe, Liebe heißt.

Der Mönch erbebt bis tief in's Mark;
Er sieht den Feind sich riesenstark
Zum Kampf auf Tod und Leben
In eigner Brust erheben.
Doch nicht verzaget feig und klein,
Wer Gottes Kämpfer fühlt zu sein,
Und nur die Hand noch zittert leicht,
Derweil der Mönch die Hostie reicht.
Das Haupt, in Demut sonst gesenkt,
Er hebt es stolz empor und lenkt
Zur Kanzel hin und steigt hinan
Wie sonst ein Ritter in die Bahn
Des Kampfes und der Ehre
Eintrat in blanker Wehre.
Die Stirne stralt, das Auge glüht
Und wie ein Strom von Feuer sprüht,
Ein Herzentzünder jedes Wort,
Von seinem Mund die Rede fort.

„O Eitelkeit der Eitelkeit!
Was ist der Erde Glück und Leid?
Was ist der Erde höchste Lust?
Ihr Schmerz, der dir zerwühlt die Brust?
Ein Träumen, Schäumen und Verweh'n,
Ein ewig Wechseln und Vergeh'n,
Und was dir bleibt aus Lust und Schmerz,
Ist nur ein traurig ödes Herz!
Du suchst in Angst und Sorgen
Die Perle, die verborgen
Am tiefsten Grund der Meere ruht,
Und bringst nur Scherben aus der Flut.
Und hast du je in Müh und Not
Ein Glück erjagt, so kommt der Tod
Und du zerfällst, ein Häuflein Staub,
Im dürren Gras der Winde Raub.
O kurzer Wahn! O Eitelkeit
Der Eitelkeiten Eitelkeit!
Was ewig währt ist Gott allein,
Nur Gottes Trost ist Sonnenschein;
In seiner Lieb' allein erblüht
Der gold'ne Mai, der nie verglüht;
Doch ist kein Weg, der je ihm naht,
Als der Entsagung Dornenpfad!" —
So sprach der Mönch; doch was er sprach,
Klang anders ihm im Herzen nach.

Der Erde Glück, er nannt' es Schein,
Doch innen rief's „O wär' es dein!"
Er sprach es laut: „Genuß ist Fluch!"
Doch innen klang's: „Dein Wort ist Trug!"
Er rief: „Entsagung führt zu Gott,"
Doch innen tönt's wie Hohn und Spott.
Es zuckt sein Herz, er starrt und schweigt,
Und wie er segnend sich verneigt,
Da seufzt er schwer: „O Gott der Huld,
Laß nicht vergeh'n in Schmach und Schuld,
Laß nicht vergeh'n in Not und Pein
Den Diener dein!"

Des Priesters Name ward im Land
Seit dieser Stunde viel genannt
Und hochgeehrt war jedes Haus,
Darin er wandelt ein und aus.
Auch in Frau Martha's Hütte tritt
Er nur zu bald mit zagem Schritt,
Und wo er's zagend erst gethan,
Da klopft er bald alltäglich an.
Ihm ist, der Boden wanke rings,
Ein Abgrund gähnt ihm rechts und links
Und doch — er wandelt unverwandt
Am Todesrand.

IV.

O Rhein, sie sagen, dein Name schon
Sei Becherklingen und Liederton,
Und wo von deutscher Saiten Gold
Der Sprudel reicher Klänge rollt,
Da singt von dir der Sängergreis,
Der Jüngling singt zu deinem Preis
Und Alles horcht und Alles lauscht
Dem Lied, das deiner Kunde rauscht.
Bald braust sie laut wie Wogengang,
Bald leise wie der Nixen Sang,
Bis jedes Herz, von ihr erfüllt,
In Lust und Wonnen überquillt
Und, was es tief empfindet,
Mit lautem Schlag verkündet:
„O Rhein, du Held im Rebenkranz,
Du bist der Stolz des Vaterlands!"

Ja du, der frei zu Thale fährt,
Von Alpengletschermilch genährt,
Vom Trank, daraus in Tells Gemüt
Der Zwingherrnhaß einst aufgeblüht;
Ja du, der nie die Fessel trug,
Darein dich frech der Fremde schlug!
Der Julisonne heißes Glühn
Ist Labe deinem Ufergrün
Und was die goldnen Ranken
Mit gier'gen Lippen tranken,
Das glüht und loht und sprüht im Wein,
Ein ew'ger Born der Lust zu sein.
Drum flieht auch weit die Trauer fort,
O Strom, von deinem grünen Bord
Und die den Himmel, den blauen,
In deinem Spiegel schauen,
Die führet leicht ein froher Sinn
Mit Sang und Klang durchs Leben hin
Und läßt sie stolz bei Lieb' und Wein
Die Könige der Erde sein.

O Rhein, was zaudert heuer nur
Der Lenz zu folgen deiner Spur,

Derweil du längst des Winters Last
Dir trotzig abgeschüttelt hast,
Daß weithin deiner Wogen Gang
Wie laute Freiheitslosung klang?
Noch nirgends Baum und Strauch zu seh'n,
Die fröhlich lassen ihr Banner wehn!
Nur dort die erste Lerche singt
Den Heroldsruf, der schmetternd klingt
Zum stillen Wald, zum dunklen Tann —
Wohlauf, mein Herz! Gewiß, da kann
Mit Lieb' und Lust und Herrlichkeit
Nicht ferne sein die Frühlingszeit.

Der Morgen streift des Himmels Saum,
Wie Demant blinkt des Stromes Schaum,
Da kommt in raschen Tritten
Ein Jüngling her geschritten.
Der grüßt mit hellem Angesicht
Des jungen Tages Sonnenlicht,
Das golden, wie aus Ostens Thor,
Auch aus dem Strome taucht hervor.
Und wie der Jüngling sinnig schaut
Hinauf, hinab, da ruft er laut:

„Fahr wohl, fahr wohl zum Meere,
„Du klare Flut, du hehre!
Fahr wohl! Mich läßt es nicht zu Haus,
Mir bleibt zu lang der Frühling aus;
Ihr holden Frau'n, ihr Mägdlein fein,
Die ich geküßt jahraus, jahrein,
Lebt wohl, lebt wohl! Wo find' ich ihn?
Ich muß dem Lenz entgegen ziehn!"

Von Cöln der Stadt, da zog er aus,
Zu wandern in die Welt hinaus.
Das Haus der Kurte nannt' er sein,
Ein alt Geschlecht vom freien Rhein.
In edlen Künsten viel gewandt,
War er gekannt gar weit im Land;
Sein schönster Adelsbrief doch war
Die Stirne frei, das Auge klar,
Und, wie der Eiche schlanker Schaft,
Zu ragen hoch in strammer Kraft,
Ein Schreck der Neider und der Frau'n,
Die kaum ihn anzusehn getrau'n.
Denn ach, sein Glühn und Scherzen,
Sein Küssen all und Herzen

War nur des Falters Kosen
Mit jungen Frühlingsrosen.
Mag drum die Rose bleich verglühn,
Er ahnt nicht, daß auch kommt für ihn
Die Zeit, zu sühnen fremdes Leid
In eigner Herzensbangigkeit.

Noch hatte seinen leichten Sinn
Gefesselt keine Herrscherin
Und einsam, ohne Geleite,
So zog er in die Weite.
Doch golden spannt sich aus der Tag,
Die Amsel singt im kahlen Hag
Und weckt mit ihrem Jubelschall,
O Kurt, auch deine Lieder all.
Das ward ein lustig Wandern
Von einem Berg zum andern,
Von Thal zu Thal, von Stadt zu Stadt
Und nimmer wird er müd und matt
Und immer weiter treibt es ihn,
Zu suchen Lenz und Maiengrün.
Doch weilt auch gern zu kurzer Rast
Bei Spiel und Tanz der flücht'ge Gast,

O dann, ihr Mägdlein, wahrt euch gut
Vor seiner Blicke dunkler Glut,
Daß euch vom feuchten Augenlied
Nicht, eh' ihr's ahnt, der Schlummer flieht.
Von seinen Küssen brennt der Mund
Und brennt es tief im Herzensgrund
Und der das Feuer angefacht,
Hat all der Qual noch kaum gedacht.
Schon morgen wird er scheiden;
Auf ewig euch zu meiden.

V.

Der Abend kommt. Sein Purpur spannt
Sich wie ein Mantel übers Land
Und prächtig tritt der hohe Dom
Aus seinem Glanze dort am Strom.
Und siehst du weiter dort im Thal
Die Thürm' und Dächer ohne Zahl?
Frau Martha's Stadt! Zu kurzer Rast
Winkt jetzt auch sie dem fremden Gast.
Am Gotteshause zieht er hin
Mit leichtem Schritt und leichtem Sinn;
Da lockt der stille Kerzenschein
Des Tempels jetzt auch ihn hinein.
O hoher Dom, wie demutreich
Fühlt sich in dir der Mensch sogleich!
Ist's Menschengeist und Menschenhand,
Was hier den Stein dem Stein verband

Und diesen Hallen stolz gebot,
Der Zeit zu trotzen und dem Tod?
Was so die Menschheit riesig schafft,
Ein Hauch ist's nur der Gotteskraft,
Ein Funke von dem ew'gen Geist,
Der leuchtend in den Sternen kreist.

Herr Kurt in Tempels Mitten steht,
Von heil'gen Schauern mild umweht.
Die Wölbung stralt vom Golde schwer
Im Glanz der Kerzen rings umher;
Doch in dem Dome weit und breit
Ist Stille rings und Einsamkeit.
Nur noch ein einzig Frauenpaar
Kniet betend dort am Hochaltar,
Wo hinter Säulen, tief versteckt,
Noch Einer bang die Hände reckt
Und ungesehn in wildem Leid
Sie wühlend gräbt ins Priesterkleid.

Nur mälig wagt Herr Kurt zu nah'n
Mit Zagen, wie er's nie gethan.
Jetzt steht er still, erbebend schier,
Denn ach, ihn trifft ein Blick von ihr,

Ein einz'ger nur und doch zu viel
Für's Herz, darein er zündend fiel.
Da sah in Anna's Angesicht
Herr Kurt des Frühlings Glanz und Licht;
Ein Sternenhimmel voller Pracht
Ging auf in seines Herzens Nacht
Und tief in seiner Seele klang's
Im Jubelton des Brautgesangs:
„Ich hab in dieser Stunden
Den schönsten Lenz gefunden;
Ich hab in einem Augenblick
Genossen aller Himmel Glück
Und mein auf ewig soll es sein,
Auf ewig mein!"

Doch wachsam ist Frau Martha schon,
Sie eilt mit ihrem Kind davon
Und flüstert, da sie kaum allein,
Besorgt und bang zum Töchterlein:
„Du sahst die Augen voller Glut?·
Vor solchem Blick sei auf der Hut,
Eh' dir die heißen Lohen
Das arme Herz bedrohen!"

Und Anna drauf: „Der Schutz des Herrn
Hält mächtig den Versucher fern;
Was Gott mir bringt, sei benedeit,
Er weiß, du hast mich ihm geweiht,
Und Fluch dem Frevler, der mich je
Bethören will mit Lieb' und Weh,
Denn nur des Himmels Braut allein
Will Anna sein."

Drauf ward es Nacht im Gotteshaus,
Doch eh' Herr Kurt noch wankt hinaus,
Da schallt es dumpf ihm an das Ohr
Wie Gräberton: „Auch du, o Thor?
Entfleuch, entfleuch, du frevle Brut,
Und laß die Hand von Gottes Gut!"
Dann wieder stille wird's im Dom
Und draußen rauscht der dunkle Strom,
Als trüg' er schwer ein endlos Leid
Hinüber in die Ewigkeit;
Als trüg' er fort, gefunden kaum,
Des Jünglings Glück im Wogenschaum.
Wohlan, du trotzig Mannesherz,
Das stets verlacht der Liebe Schmerz

Und nie um fremdes Bangen
In Thränen übergangen —
Nun forbre seufzend von der Nacht,
Was dich so reich und elend macht:
Den Blick in jenes Angesicht
Voll Maienglanz und Frühlingslicht;
Das Glück, zu flehn in Todesangst
Zum Herzen, das du nicht bezwangst.
Nun liegst auch du auf heißem Pfühl,
Der wilden Zweifel leichtes Spiel.
Die müden Augen brennen,
Die schon ihn nicht mehr kennen,
Den Schlummer, der sie sonst erquickt
Und gern sie leise zugedrückt,
Wenn kaum der Maid ihr heller Stral
Aus tiefster Brust den Frieden stahl.

Es steigt aus Ostens goldnem Thor
Nur langsam jetzt der Tag empor;
Der Berge duft'ger Morgenschein
Lockt weit in alle Welt hinein;
Umsonst! Den Armen bannt die Qual
Der Liebe fest in Annens Thal;

Und ob es fort und fort ins Ohr
Ihm schaurig tönt: „Entflieh, o Thor!"
Er hat nur Eines doch im Sinn:
Den stillen Gang zum Dome hin;
Er fühlt nur ein Verlangen:
Die rosenhellen Wangen
Der schönsten aller Frauen
Nur einmal noch zu schauen
Und wär' auch seiner Liebesnot
Kein anderer Trost mehr als der Tod.
Und sieh! Sind dort die holden Frau'n,
Die heißersehnten, nicht zu schaun?
Das ist der Stirne Mondenglanz,
Umwölkt von goldner Locken Kranz;
Das ist — o Herz, zerspringe nicht! —
Derselben Augen Sternenlicht,
Die Huldgestalt, die gestern dort
Der Wandrer fand am heil'gen Ort,
Der auf bekannten Stegen
Ihr wieder eilt entgegen.

Nun zieh' die Schlinge höhnisch zu,
O Trug, des Unglücks Kuppler du;

Die Schlinge, die dem fremden Mann
Der Schwester gleiche Schönheit spann.
Die gestern ihm des Frühlings Licht
Gezeigt im holden Angesicht,
Uebt heute, still geborgen,
Des Hauses kleine Sorgen
Und mit der Mutter kommt M a r i e;
Im Dome beten will auch sie
Und ach, da fliegt, bethört vom Wahn.
Als säh' er Anna lieblich nahn,
Auch ihr mit bangen Schlägen
Des Jünglings Herz entgegen.

Jedoch die Mutter wacht; den Aar
Nahm schon ihr treues Auge wahr,
Den Falken, der mit arger Not
Dem sorgenlosen Kinde droht.
Ja das, das ist derselbe Blick,
Der schon geloht um Anna's Glück,
Und bebend spricht das Mütterlein:
„Mein Kind, mein Kind, ach hüte fein
Dein Herz, das junge Vögelein,
Eh' Lieb' es bringt in Not und Pein.

Als Schlange schleicht sie falsch heran
Und sieht's mit Zauberaugen an;
Da taumelt's nieder, ach, im Wahn
Und um das Vöglein ist's gethan!" —
— "O Mütterlein, schon zwingt sie mich
Mit ihren Blicken hin zu sich;
Fahr' wohl, o Welt! Nun ringle dich,
Du süße Schlange fest um mich!"
Maria sprach's und Schreck hielt auf
Im Mutterbusen des Blutes Lauf,
Doch lächelnd spricht das Töchterlein
Ihr Trost in süßen Worten ein:
„Die Lieb', o Mutter, die ich mein',
Die soll dir nicht zur Trauer sein.
Die Liebe, die dich jetzt erschreckt,
Wird nicht durch Mannesblick geweckt;
Von Gottes Hand mit Schöpferlust
Gepflanzt in jedes Kindes Brust,
So wächst sie im Gemüthe,
Genährt von deiner Güte;
Sie kennet nur den Sonnenschein
Aus deinem Blick, o Mütterlein,
Und deine Huld nur ist der Thau,
Der mir sie tränkt in warmer Au.

Drum soll auch keine sonst gedeih'n,
Die unter anderm Sonnenschein,
Was hier gewachsen treu und still,
Mir üppig überwuchern will."

Sie sprach's und schweigend reicht sie dar
Der Andacht Opfer am Altar!
Sie sprach's, zu scheuchen Martha's Schreck,
Und glaubte selbst dem Worte keck;
Und doch — nun hüte dich, Marie!
Es läßt ihr Recht die Erde nie.
Schon schlingt ein unbekannt Geschick
Sich mächtig um dein stilles Glück;
Schon trat dir nah der fremde Mann
Und pocht am Herzen stürmisch an.
O dieser Blick! So freudenhell,
Als wär's der endlos tiefe Quell,
Daraus des Himmels Wonnen
Entströmen in vollen Bronnen.
Ein Blick so sinnig und zugleich
An Schmerzen überschwenglich reich;
Gewiß, du willst ihm widerstehn:
Du hörst ja noch der Mutter Flehn:

„Mein Kind, mein Kind, behüte fein
Dein Herz, das junge Vögelein!"
Doch ach, die Minne schlich heran,
Sie sah's mit Zauberaugen an —
„Fahr wohl, o Mutter! Ringle dich,
Du süße Schlange, fest um mich!"

VI.

Kam gestern nicht im raschen Flug
Der Nachtigallen, der Schwalben Zug?
Und nirgends doch ein Liederschall,
Nur todtes Schweigen überall,
Weil noch der Sonne goldnes Licht
Verhüllen Wolken schwer und dicht.
Charfreitag feiert zu dieser Zeit
In Stadt und Dorf die Christenheit;
Charfreitag feiert die Natur
Und Nebel wallen durch die Flur,
Gleich Leichenmännern, die leidvoll, bang
Geleiten wen beim letzten Gang.
Doch heute kniet Frau Martha nicht
Am Altar fromm im Kerzenlicht.
Verschlossen ist das Kämmerlein,
Darin sie weilt mit ihrer Pein,

Denn ach, Charfreitag ist der Tag,
An dem sie einst in Nöten lag
Und unvermält der Mutter Glück
Begrub im Wittwenmißgeschick.
Gesühnt ist längst, was sie verbrach,
Vergessen Schande längst und Schmach,
Und doch, noch immer wagt sie nicht
An diesem Tag zu schaun das Licht.
Und einsam folgt dem frommen Drang
Schön Anna zum gewohnten Gang.
Sie weiß, am Berge hebt das Herz
Sich frömmer, stärker himmelwärts,
Den Menschen fern und ihrem Thun,
Das oft am Boden zwingt zu ruhn.
Und wie nun schon beginnen
Die Nebel zu zerrinnen,
Da tritt aus ihrem dunklen Flor
Die Klosterkirche still hervor.
Nicht ruft der Orgel heller Klang,
Nicht Glocke heut und Chorgesang
Und schneller, immer schneller doch
Erklomm die Maid des Berges Joch.

Nur einmal sah sie zagend um,
Ob er nicht folge still und stumm,
Ob ihr nicht folge sengend nah
Das Auge, das im Dom sie sah;
Doch nur der Waller fromme Schaar
Bot ihrem Blick sich tröstend dar.
O fliehe, Kind, die Schwelle
Der stillen Mönchskapelle!
Du ahnst nicht, Anna, was dir droht:
An Gottes statt der Liebe Not,
Und wo dein Blick den Himmel sucht,
Ein Erdenglück, dem du geflucht!
Und doch, sie geht. Die Stunde kam.
Eintrat die Maid und ach, schon nahm
Sie vom geweihten Wasser auch
Und ward mit fromm gesenktem Aug'
Die Hand des Mannes nicht gewahr;
Die ihr es bebend reichte dar.
Doch wie den Finger sie berührt,
Da zuckt es tief und glühend spürt
Ihr Herz sich wie vom Blitz durchglüht.
Sie blickt empor und ach, da sieht

Sie ganz derselben Augen Glut
Die schon im Dom auf ihr geruht;
Sie sieht das tiefe Weh im Blick
Und doch im Weh das höchste Glück
Und all dies Glück und all dies Weh,
Ihr ist, als wär's ein tiefer See,
Darin — wie kann sie widerstehn? —
Sie sinken muß und untergehn.

Sie eilt mit schwankem Schritte
Bis in des Tempels Mitte,
Zu Gott zu rufen um Hülfe laut:
„O rette, rette deine Braut!"
Doch ob die Maid in dieser Not
Des Glaubens Wunder all entbot,
Gekommen war die Minne,
Daß jetzt ihr Sieg beginne.
So glühe denn, du Morgenrot,
Das hell im Herzen Anna's loht,
Du junges Licht, entfalte dich
Mit deinen Wonnen prächtiglich
Und laß die Sonne mild und schön
Aus deinem goldnen Schos erstehn!

Lernt jetzt in Andacht Anna's Geist
Zum erstenmal was Beten heißt?
Es ist die alte Weise nicht,
Was jetzt aus ihrem Herzen spricht;
Es ist kein Lallen, kindlich-bang,
Es ist Musik, ist Orgelklang,
Ein hohes Lied dem Menschenthum
Und seinem Glück zum Preis und Ruhm,
Ein Jubel, den die Seele singt,
Der laut durch alle Himmel klingt.
Wie scheint die Kerzenhelle
Der stillen Mönchskapelle
So düster doch und trübe
In diesen Glanz der Liebe!
Hinaus! Hinan! Wo mag er sein,
Daß er die Liebste läßt allein?
Wo weilt er, dem sie schon geflucht
Und den jetzt doch ihr Auge sucht?
Und sieh, er kommt! Und was er schwört,
Ihr Todten rings, ihr habt's gehört.
O zürnet nicht, daß er gestört
Die Stille, die dem Grab gehört,
Auf dem Herr Kurt der schönsten Maid
Zu Füßen liegt in Seligkeit.

Da tönt es wieder dumpf und nah:
„O Weh des Frevels, den ich sah!"
Daß Anna bang erbebt und flieht,
Da noch der Jüngling vor ihr kniet
Und rasch zur Wehr den Dolch ergreift,
Vom Schatten dessen fast gestreift,
Der ungesehn am Kreuze stand
Und hinter Gräbern rasch verschwand.

Noch weilt Herr Kurt. Die Stunden fliehn;
Im Mittag steht die Zeit, doch ziehn
Die Waller noch in dichter Schaar,
Zu beten dort am Hochaltar.
Dem Jüngling klingt noch dumpf das Ohr
Vom Ruf, den er gehört zuvor,
Und doch, er denkt: o schweige, Tod,
Mein ist des Lebens junges Rot:
Sie hat mir Lieb' und Huld gezeigt
Und kommt, noch eh' der Tag sich neigt.
Noch einmal zur Kapelle,
Noch einmal hier zur Stelle.
Er hält ja glücklich in der Hand
Die Schleife noch als liebes Pfand,

Das Band von grüner Seide
Von Anna's grünem Kleide.
Und was er hoffend kaum gedacht,
Wird bald bezaubernd wahr gemacht.
Sie kommt mit leichten Tritten
Den Berg hinan geschritten.
Das ist, vom zarten Flor umwallt,
Der Liebsten edle Huldgestalt,
Das ist, ja das — o schwerer Trug! —
Ihr holdes Antlitz Zug für Zug.
Da pocht in lauten Schlägen
Sein Herz der Maid entgegen,
Nicht ahnend, daß die Schwester nur
Jetzt wieder folgt der Schwester Spur.
Derweil des Hauses Sorgen
Uebt Anna still geborgen.
Wie naht Marie so sorgenlos!
Ihr Auge stralet hell und groß;
Dem Vogel folgt's, der leichtbeschwingt
Bald hier, bald dort vom Zweige singt
Und ach, zum Herzen drang es tief,
Was warnend jetzt das Vöglein rief:

„Blühen wollen schon die Fluren,
Lüfte wehen lau und lind;
Ach, das sind der Liebe Spuren,
Hüte dich, du schönes Kind!

„Auch die Nachtigallen klagen,
Die von ihr bezaubert sind;
Alle singen, alle sagen:
Hüte dich, du schönes Kind!

„Weißt du, wie noch alle Rosen
Welk verweht im Winde sind?
Tödtlich ist der Sonne Kosen —
Hüte dich, du schönes Kind!"

Jetzt noch ein Schritt, da wankt Marie
Und schon umschlungen hält er sie;
Nun brich zusammen, Erdenrund!
Er küßt ihr heiß den roten Mund,
Der leise spricht: „Du arger Mann!
Was hast du Leides mir gethan!"
Indeß in Thränenseligkeit
Ihr lächelnd Auge schon verzeiht.

O Zeit, in deinem Lauf halt' ein
Die Ewigkeiten sind zu klein
Für solch ein Glück, das, ach, zerrinnt
In deinem Strom nur zu geschwind.
Schon ziehn mit müdem Flügel
Die Raben übern Hügel,
Ihr träger Flug ist bleiern schwer
Und heißer schallt ihr Rufen her,
Als kläng' es wieder schaurig nah:
„O Weh des Frevels, den ich sah!"
Und wie der Jüngling lauschend steht,
Da kommt, vom Winde her geweht,
Vom blauen Kleid ein blaues Band
Als Liebesgruß und Liebespfand
Von ihr, die seinen Armen schon
Auf leichten Sohlen rasch entflohn.

VII.

Nun führe du mich, stille Nacht,
Zu ihm, der in Verzweiflung wacht;
Zu ihm, der einst im Priesterkranz
Sich aufgeh'n sah der Liebe Glanz
Und den es, trotzend dem Gebot,
Das streng mit schwerem Fluche droht,
Unbändig fort ins Feuer zieht,
Darin sein Herz verdorrend glüht.
Der Wehruf, den in Domes Rund
Er dräuend sprach mit frevlem Mund
Und den er laut gerufen
Auch von des Kreuzes Stufen,
Ihm ist, als kling' er jetzt für ihn
Und keine Rettung, kein Entfliehn!
„Zur Hölle!" ruft er trotzig wild,
Jedoch nur holder lacht das Bild

Der Frauen, das er ewig sieht
Und das ihm ewig doch entflieht.
Sie neigen sich, sie küssen ihn,
Daß ihm die blassen Wangen glühn,
Und ach, da naht in froher Hast
Der Fremde, den er tödtlich haßt —
Des Priesters Athem keucht und brennt,
Doch seines Elends ist kein End.
O laß mich, süße Nacht, um ihn
All deine Schleier dichter zieh'n,
Und wenn du kannst, so hauch ihm du
Vergessenheit im Schlummer zu.

Jetzt schläft er ein. Der Stirne Glut
Verschwindet sacht und Friede ruht
Als wie des stillen Mondes Licht
Auf seinem blassen Angesicht.
Da reicht der Traum ihm sanft die Hand
Und führt ihn in ein schön'res Land,
Darin die Freude, nicht der Tod,
Ihm krönt des Lebens Morgenrot.
Frei wird das Herz, die Fessel springt,
Die den Geweihten jetzt umschlingt.

Die Gattin schaltet froh am Herd
Und lieblich spielt von ihr bescheert,
Der Kinder blondgelockte Schaar
Zu seinen Füßen Jahr um Jahr.
Und wie der Priester segnend spricht
Heißt nur noch Liebe, Freiheit, Licht.
O süßer Traum! Aeonen fliehn,
Dann wirst du wahr, doch nicht für ihn,
Dem von der Erde Leid und Lieb'
Nur des Entbehrens Stachel blieb.
So schlummre denn im Morgenstral,
Du armer Träger schwerster Qual!
Doch ach, du hebst dich schon vom Pfühl
Und sinkst ins alte Schmerzgewühl
Und was du denkest auch und sinnst,
Verzweifle, daß du je entrinnst.
Du willst entfliehn der Kirche Bann?
Umsonst! Sie hält zu fest den Mann,
Der ihr mit heil'gem Eide
Zu schwerem Dienst sich weihte.
Du willst zertrümmern Wahn und Trug
Und denkst im kühnen Geistesflug
Der Wahrheit Fackel in das Land
Zu schleudern wie zum Weltenbrand?

Umsonst! Nur langsam reift der Geist
Zum Leben, das im Lichte kreist,
Und Wehe dem, der schon zerstört,
Wenn noch die Menge gläubig schwört
Du willst entsagen? Armer Thor!
Du sahst zur Sonne schon empor
Und weißt, daß, was da webt und schwebt,
Allein in ihrem Lichte lebt.

Und wieder sieht er jetzt den Mann,
Der schon der Kinder Huld gewann.
Aus ferner Fremde kommt er her
Und führt auf Nimmerwiederkehr
Die Braut sich heim vielleicht schon bald.
Da packt's den Priester mit Gewalt
Und zornig ruft er: „Nimmer! nie!
Beim großen Gott, ich halte sie,
Ich halte dich beim Wort, o Weib!
Du hast der Kinder Seel' und Leib
Der Erde nicht, dem Herrn geweiht;
Erfüllen will ich deinen Eid
Dem Herrn — und — mir! O wüste Nacht
Des Wahnsinns, die mich elend macht!

Und doch, es sei! Ich trag' es nicht,
Daß Einer diese Rosen bricht;
Nicht, daß ein Andrer hange
An Lippen oder Wange
Und Seligkeiten trinke,
Wann ich im Fluch versinke.
So sei es, ja! Ich sarg euch ein,
Im Grab des Klosters seid ihr mein
Und muß es sein, so laßt mich dann
Im Licht vergehn, den kranken Mann,
Den nur des Todes finstre Gruft
Zum Frieden ruft."

An Marthas Pforte klopft er dann,
Schnell zu vollenden, was er sann.
Er zeigt der Mutter die Gefahr,
Die schon so nah den Kindern war;
Die schon mit eitler Liebesnot
Sogar im Gotteshaus gedroht,
Den Ort verhöhnend und den Eid,
Der einst die Schwestern Gott geweiht.
In Thränen hört's die Mutter an,
„O rette," ruft sie, „heil'ger Mann!

Laß büßen jetzt, du Gott der Huld,
Die Kinder nicht der Mutter Schuld!"
Da zeigt er ihrem Hoffen
Die Pforte gastlich offen
Des Klosters, dessen stille Welt
Sich streng der Lieb' verschlossen hält
Und statt der Erde Gram und Leid
Gewährt des Himmels Seligkeit.

Und alles wird geordnet still,
Wie's Martha, wie's der Priester will.
Noch eh' die Sonne dreimal kreist,
Soll schon die Stätte sein verwaist,
Darin die Kinder sorgenlos
Gediehen in des Glückes Schooß.
Doch ach, was immer sie gesollt,
Was sie gehorsam selbst gewollt,
Jetzt trat es dunkler als der Tod
In ihres Lebens Morgenrot.
In Thränen klagt es stumm Marie
Und jede Thräne jammert: „Nie!"
Und jede Thräne Anna's spricht:
„Ihn lassen? Nein, ich kann es nicht;
Mein Himmel soll in Lust und Pein
Die Liebe sein!"

VIII.

Es steht ein Baum auf Indiens Flur,
Küßt leise den die Jungfrau nur,
So stralt sein Haupt schon über Nacht
In Farbenglanz und Blütenpracht.
Dem Baume gleichst auch du, Natur!
Dich küßt der Frühling leise nur;
Tritt Morgens dann aus goldnem Thor
Die Sonnenjungfrau still hervor,
Sie schaut entzückt die Wunder an,
Die rings umher der Kuß gethan.
Die Fluren schwellt ein üppig Grün,
Dazwischen hell die Blumen glühn
Und unter frohem Liederschall
Erschließt der Wald die Knospen all
Und was des Todes Schergen
Auf ewig wollten bergen.
Er keimt und sproßt und bricht hervor
Und rankt zum Lichte schön empor —

Ja das, ja das ist Osterzeit,
Dem Leben und die Luft geweiht.

Der Jüngling auch vom fernen Rhein
Stimmt fröhlich in den Jubel ein;
Doch all der Glanz, die Herrlichkeit
Gemahnt ihn nur der holden Maid;
Und wo am Nest ein Vöglein baut,
Da grüßt es ihn und singt ihm laut:
„Ei Thor, nun ist ja Liebenszeit
Und hast noch immer nicht gefreit?"
Da faßt er sich ein Herz, als ging's,
Wo Feinde dräuen rechts und links,
Zum Siegen oder Sterben.
Noch heute will er werben
Die Braut, die schon vor kurzer Frist
Ihn selig auf den Mund geküßt.
Er hat erspäht das stille Haus,
Darin sie wandelt ein und aus
Und, fern dem trüben Strom der Zeit,
Im Schutz der Mutter fromm gedeiht.

Herr Kurt, der einst so oft im Scherz
Gespielt mit Liebes-Lust und Schmerz,

Er fühlt ein Bangen, Beben,
Als gält' es Tod und Leben.
Ei Schütze, willst du zagen,
Das schlanke Reh zu jagen,
Das, längst getroffen allzu schwer,
Dir kann entrinnen nimmermehr?
Und doch, du bebst und bangst vor ihr,
Die schon entgegenzittert — dir?
Da mahnt das Herz ihn raschen Schlags,
Er murmelt leise noch: „Ich wag's!"
Und tritt mit schnellem Schritte
Jetzt in des Hauses Mitte.
Doch schaurig schlägt es ihm ans Ohr:
„Was suchst du hier? Flieh, frevler Thor!"
Das ist derselbe dumpfe Ton,
Der ihn geschreckt im Dome schon
Und von des Kreuzes Stufen
Wie Grabeslaut gerufen:
„O weh des Frevels, den ich sah!"
Hier steht der Priester drohend nah,
Die Rechte hebt er wie zum Fluch
Und wieder hallt sein dumpfer Spruch:
„Entfleuch, entfleuch, du falsche Brut,
Und taste nicht an Gottes Gut!"

Der Jüngling sieht es und erfaßt
Den Priester schon mit Zornes Hast,
Das Auge flammt ihm groß und wild,
Doch sieh, da macht ein andres Bild
Das Blut ihm starr und schlaff den Arm.
Dort steht, o daß sich Gott erbarm!
Frau Martha, bang, vor Schrecken bleich,
Die Töchter zum Verwechseln gleich,
In gleicher Schönheit hellem Glanz,
In gleicher Jugend duft'gem Kranz,
Marie und Anna, beide
Verschieden nur im Kleide,
Die eine grün, die andre blau,
Wie er sie gestern sah genau.
Da sieht er, daß er beiden schwur
Und liebt in beiden Eine nur,
Und ach, zu wählen weiß er nicht
Hier zwischen gleichem Licht und Licht,
Hier zwischen gleicher Lieb' und Huld,
Die nun, verlockt durch seine Schuld,
Zu ungeahnten Todesweh'n
Am Rande schon des Abgrunds stehn.

Und bebend mit verwirrtem Sinn
Stürzt Kurt zu Marthas Füßen hin

Und fleht: „O fluche, fluche mir,
Daß ich geraubt den Frieden dir!
O daß du so zum Leide
Sie je geboren beide!
Und ihr, o reißt heraus mein Bild,
Wenn's eure Herzen je gefüllt.
Durch Eine wär' ich schon zu reich;
O daß ich Beide fand zugleich!
Mit Einer trotzt' ich aller Not,
Jedoch das Uebermaß ist Tod.
Verderben ist des Glückes Rest,
Lebt wohl, und wenn ihr könnt, vergeßt!"

In Thränen ward er stumm und ging,
Weit, weit, bis ihn die Nacht umfing,
Wo drohend ob dem finstren Tann
Die Wolke schon Verheerung sann.
Es zaust der Wind ihm Bart und Haar,
Aufschreit, vom Blitz erschreckt, der Aar,
Der Donner rollt und krachend sinkt
Die Föhre, die der Sturm bezwingt.
Der Jüngling ruft und lachet wild:
„Ja, das ist meiner Liebe Bild!

Wo kaum die Sonne mild gelacht,
Verwüstung jetzt und Sturmes Nacht.
O zünde, zünde, Wetterstral;
Daß flammend über Berg und Thal
Die Lohe schlägt!" Doch bald erschlafft
Des Wetters Zorn, des Sturmes Kraft,
Und frieblich senkt sich auf den Wald,
Da schon das Lied der Drossel schallt
Und nur noch fern der Donner grollt,
Des Abends Gold.

Und wie der Sturm sich brach im Wald,
Ward's ruhig auch im Herzen bald,
Das nun der Liebe Schmerz geweiht.
Die wilde Hast ward stilles Leid,
Dem See an Ruh' und Tiefe gleich,
Der zu der Sterne goldnem Reich
In ungestillter Sehnsucht blickt
Und treu mit ihrem Bild sich schmückt.
Schön ist das Haben, der Genuß,
Wann Lipp' an Lippe hangt im Kuß;
Schön auch die Liebe, die verklärt
Im Geiste sucht, was sie entbehrt,

Und in des Herzens Würdigkeit
Das Unglück stolz besteht im Streit.
Verzweiflung ist des Weibes Loos;
Der Mann ist nur im Kampfe groß:
Und Keiner wurde je gekrönt,
Der, durch das eigne Glück verwöhnt,
Vergessen, daß er steht im Feld,
Wo ihre Schlachten schlägt die Welt,
Und daß, was seinem Geist entquillt,
Der Menschheit gilt.

IX.

O Lied, es ist des Leids genug
Und willst du weiter doch im Flug,
Der Sonne gram und ihrem Stral,
Nur zu gebrochner Herzen Qual?
Schön ist der Lenze Blütenkranz,
Schön ihrer Tage goldner Glanz,
Wenn Kampf und Lust und Leben
Drin auf und nieder schweben;
Du übertäubst mir dumpf und bang
Der Lerche hellen Morgensang,
Die Nachtigall im Hage,
O Lied! mit deiner Klage.
Schön ist die Nacht, die sanft und mild
Des Tages lautes Treiben stillt,
Daß er, ein müder Knabe,
Sich süß im Schlummer labe.

Schön ist die Nacht, wenn, still von ihr
Geführt, aus dunklem Waldrevier
In sichre Wiesengründe
Geht weiden Hirsch und Hinde.
Schön ist die Nacht. Der Erde Leid
Verschwindet in der Ewigkeit,
Wenn endlos aus der Ferne
Ihm winkt des Meer der Sterne.
Ja, schön und groß! So komme, Nacht,
Und nimm des Tages ganze Pracht,
Nimm seines Lebens Fülle
Für deine heil'ge Stille.
Und sind zwei Augen irgendwo
Voll Thränen, weil ihr Glück entfloh,
So decke du die müden
Mit deinem süßen Frieden.
O käm' er auch ins Kämmerlein,
Zu lindern da der Herzen Pein,
Wo noch mit nassem Augenlied
Marie zu Anna's Füßen kniet.
Ihr Antlitz ist von Sorgen bleich,
Den weißen Frühlingsrosen gleich,

Daraus im hellen Mondesglanz
Ums eigne Haupt sie flocht den Kranz.
Den zweiten Kranz aus roten flicht
Sie dann um Anna's Stirn und spricht:
„Dem Leben — dir — die roten,
Die weißen mir — der Todten!
Sie haben schon mein Grab bestellt
Im Kloster dort. Fahr hin, o Welt!
Doch wollt ihr mich denn sargen ein,
So soll es ohne Lüge sein.
Ich lieb' ihn, ja, ich lieb ihn heiß,
Wie Gott es will, wie Gott es weiß,
Und ohne Treubruch will ich gehn
Zu ihm, zu ihm ins Wiedersehn.
Leb', Anna, du dem Mütterlein,
Ihr Glück und, ach, ihr Trost zu sein;
Vergebt mir, was ich hab' gefehlt,
Vergeßt des Wegs, den ich gewählt,
Und wenn ihr still gedenket mein,
Laßt's ohne Gram in Liebe sein.
O, wer den Blick ertragen kann,
Mit dem der Tod mich blicket an!
Ihr seht den stillen Dränger nicht
Und doch, er läßt mich länger nicht,

Er ruft und ruft und zeigt die Bahn,
Die mir der Liebste ging voran."

Sie sprach es, doch die Schwester preßt
Sie an den Busen stürmisch fest
Und ruft: „O, nimmer kommst du los;
Der gleichen Lieb' ein gleiches Loos!
Er ward auch mein mit Gut und Blut,
Mein durch der Küsse heiße Glut,
Die noch auf meinen Lippen brennt
Und ewig ihn mein Eigen nennt."—
— „O Weh! und soll die Mutter dann
Auch deinen Trost entbehren, wann
Ihr einst das letzte Stündlein droht
Mit Grabesnacht und Todesnot?"—
—„Mag Gott sie trösten, wenn sie je
Nur Grausen sieht und banges Weh,
Wann in die wüste Nacht der Welt
Der erste Stral des Lichtes fällt.
Drum fort zu ihm! O laß uns fliehn,
Umarmen, ach, und küssen ihn!
Fort, fort, eh das Verderben
Uns läßt in Schande sterben.

Sind Andre blind, ich seh's zu gut,
Ich seh' des Blicks unheil'ge Glut,
Des Priesters Blick, der Tag für Tag
So dich wie mich versengen mag." —
— „Des Priesters?" rief Marie entsetzt,
„O Mutter, du vergiebst uns jetzt,
Wie's Gott im Himmel wird verzeih'n,
Dem Tod uns statt der Schmach zu weih'n."

Gesprochen war das Unglückswort,
Die Schwester drängt die Schwester fort
Und beide fliehen stumm und bang
Der Häuser dunkle Reih'n entlang,
Bis dort zum Wald, durch dessen Grün
Des Stromes dunkle Wogen ziehn.
Es leuchten hell im Mondesglanz
Die Kleider und der Rosenkranz,
Den bräutlich, wie zum Traualtar,
Der Schwestern jede trägt im Haar.
Es rauscht die Flut und hoch am Rand
Der Brücke, die sich drüber spannt,
Da stehn sie jetzt und schau'n hinab
Ins tiefe, dunkle Wogengrab.

O Tod, wie lockst du wunderbar
Und doch so schrecklich immerdar!
Was du verhüllt mit Schleiern dicht,
Noch Keiner bracht' es je ans Licht
Und wer sie hob, dem eignen Blick,
Kommt zu den Andern nie zurück.

Noch immer stehen Hand in Hand
Die Schwestern dort am Brückenrand.
Sie schau'n hinab, sie sehn empor —
Steht offen schon des Himmels Thor?
Sie sehnen sich und bangen,
Den Brautkuß zu empfangen,
Doch Wehe, wenn er dort euch fehlt,
Dem ihr euch hier im Tod vermält!
Und horch! Was braust jetzt wie ein Wehr?
Wie Menschenstimmen klingt es her —
Sie kommen, sie nah'n, ein voller Schwarm,
Voran ein Weib, daß Gott sich erbarm!
Es weht ihr Haar im Winde frei
Und durch die Lüfte gellt ihr Schrei.
Da lähmt der Schrecken Anna's Knie,
Sie bebt, sie wankt — „Marie! Marie!

Ich sinke!" — Thu dich auf, o Grab!
Und mit der Schwester stürzt hinab
Die Schwester, die sie krampfhaft fest,
Im Falle schon, an's Herz gepreßt.
Die Wogen wallen brandend auf,
Der Menschenknäuel stutzt im Lauf —
Ein Sprung — ein letzter Schrei — und todt
Sinkt Martha, die ihn her entbot.

O laßt sie ruh'n und rettet dort!
Es reißt der Strom sein Opfer fort,
Und wagt sich Keiner in die Flut,
Es abzuringen seiner Wut?
Die Woge braust in wilder Lust,
Die Schwestern liegen Brust an Brust,
Jetzt wälzt die Flut sich drüber her
Und reißt sie nieder tief und schwer,
Jetzt ruh'n sie wieder, wie zum Traum
Gebettet, hoch im Wogenschaum.
Die weißen Kleider blinken,
Die hellen Nacken winken
Und sieh, da taucht aus dunklem Wald
Am Ufer drüben Kurts Gestalt.
Er ist's! Er schaut es kaum mit an
Und bricht sich durch die Wogen Bahn

Und wilder peitscht die Flut das Land,
Wie er sie zwingt mit starker Hand,
Und wilder packt sie jetzt auch ihn,
Ihn gierig auf den Grund zu ziehn.
Jetzt, jetzt verschlingt auch ihn die Flut,
Jetzt taucht er auf mit neuem Mut
Und hat nun schon die theure Last,
Der Wellen Beute, stark erfaßt.
„Gerettet!" schallt's vom Ufer her,
Doch ach — da zieht ihn allzu schwer
Der Schwestern holdes Paar hinab,
Hinab auch ihn ins Wogengrab.
Und wieder stiller fließt der Strom
Dahin im dunklen Waldesdom.

* * *

Im Friedhof an der Mauer blühn
Zwei Rosen hell im dunklen Grün,
Da ruhen jetzt gar sorgenlos
Die Schwestern in des Hügels Schos.
Am selben Friedhof, dicht dabei,
Da weiß ich noch der Gräber zwei,

Drin schlummert still der Bräutigam,
Der Lenz und Tod zu finden kam;
Ausruht drin auch das Mütterlein
Von aller Erdensorg' und Pein.
Der Priester hat in trüber Nacht
Sie alle hier zur Ruh gebracht.
Die Meßner sah'n ihn waldwärts gehn,
Dann hat ihn Keiner mehr gesehn.
Er ruht wohl seit derselben Stund
Auch selber aus auf Stromes Grund.
Die Wogen gehen tief und schwer
Mit leisem Rauschen drüber her;
Mir klingt's in stiller Traurigkeit
Wie Lieb' und Leid.